The Sandbox

A Story of Inclusion and Embracing Differences

El Arenero

Una historia de inclusión y aceptación de las diferencias

Written by Carolyn and Amelia Furlow

Illustrated by Madison Revis

978-1-64704-209-7 (Paperback)
978-1-64704-210-3 (Hardback)

This collection is dedicated to my bouncing granddaughter, Imani Smiles.
A beautiful brown baby with curious eyes.
She seeks truth and joy when in your lap she arrives.
Giggles, kisses, and hugs she provides.
I pray life gives her a joyful ride.

We also dedicate this series to my oldest daughter, Barbara Furlow-Smiles, Imani's mom. She is the glue that brings it all together. Like a diamond sparkling from every side her spirit shines and offers light to everyone she encounters.

Esta colección está dedicada a mi chispeante nieta Imani Smiles.
Una hermosa bebé de piel morena con ojos curiosos.
Ella busca la verdad y la alegría cuando llega a tu regazo.
Ríe con nerviosismo, besa y abraza.
Rezo porque la vida le dé mucho júbilo.

También dedico esta serie a mi hija mayor, Barbara Furlow-Smiles, la mamá de Imani. Ella es el pegamento que todo lo une. Como un diamante que brilla por todos sus lados, su espíritu nos ilumina y ofrece luz a todos los que encuentra en su camino.

Foreword

The Sandbox: A Story of Inclusion and Embracing Differences, touched my heart from the first moment. I have lived in my own flesh moments of discrimination due to the color of my skin, my accent and my nationality and I cannot even imagine what situations of this type can cause in our children. This book combines in a way rich in words, colors and examples the importance of respect and acceptance. With an entertaining language and a common story of play between children, parents will be able to teach their children values that will last a lifetime.

For this reason, I feel honored to be part of a project aimed at them, the most vulnerable and caring members of our society. Inclusion and respect for others should be a natural habit in our homes, and as parents we have an obligation to show our children the incredible wealth of differences from their earliest years, and this book shares this beautiful message.

Ana Cruz Hollingsworth
Journalist, presenter and producer of Radio and Television
Winner of 2 EMMY Awards, a Marconi Radio Award

Prefacio

El Arenero, una historia de inclusión y aceptación de las diferencias, tocó mi corazón desde el primer momento. He vivido en carne propia momentos de discriminación por el color de mi piel, mi acento y mi nacionalidad y no puedo ni imaginar lo que situaciones de este tipo pueden causar en nuestros niños. Este libro combina de una forma rica en palabras, colores y ejemplos la importancia del respeto y la aceptación. Con un lenguaje entretenido y una historia común de juego entre niños, los padres lograrán enseñar valores a sus hijos que perdurarán para toda la vida.

Por tal razón, me siento honrada de ser parte de un proyecto dirigido a ellos, los más vulnerables y bondadosos miembros de nuestra sociedad. La inclusión y respeto por los demás debería ser un hábito natural en nuestros hogares, y como padres tenemos la obligación de mostrar a nuestros hijos la increíble riqueza de las diferencias desde sus primeros años de vida, y este libro comparte este bello mensaje.

Ana Cruz Hollingsworth
Periodista, presentadora y productora de radio y televisión
Ganadora de 2 premios EMMY, un premio Marconi de la radio

Un día, Imani miró hacia el gran Sol amarillo.
Sintió que los rayos tibios besaban sus mejillas.
"¡Qué hermoso día!", pensó.

**One day, Imani looked up at the big, yellow sun.
She felt warm rays kiss her cheeks.
What a beautiful day, she thought.**

I think I will take a walk, she said to herself.
All of my friends will be at the park,
And we love playing in the sandbox.

"Creo que voy a caminar", se dijo a sí misma.
"Todos mis amigos estarán en el parque,
y a todos nos encanta jugar en el arenero".

“¡Mira, ahí va Alba!”.
Imani corrió hacia su amiga.
“¿Alba, vas hacia el parque?”.
“Sí”, contestó Alba con una sonrisa.
“¡Excelente! Podemos caminar juntas”, dijo Imani.

Look, there goes Alba!
Imani ran toward her friend.
“Are you going to the park, Alba?”
“Yes,” Alba answered and smiled.
“Great! We can walk together,” Imani said.

Las dos niñas empezaron a caminar.
Un paso, dos pasos, tres pasos.
"¡Observa ese enorme árbol verde!", gritó Imani.
"¡Es tan bonito!", exclamó Alba mientras brincoteaban juntas.

The two girls started walking.
One step, two steps, three steps.
"Look up at the big, green tree!" Imani shouted.
"It's so pretty!" Alba exclaimed as they skipped along.

Imani observó a Alba y dijo: “Alba, tu cabello es lacio”.
Alba asintió. “Sí, y tu cabello es rizado Imani”.
“Y mira, nuestra piel también es diferente”, añadió Imani.
“¡Yo soy café y tú eres beige!”.
“¡Eso es increíble!”.

Imani studied Alba and said, “Alba, your hair is straight.”
Alba nodded. “Yes, and your hair is curly, Imani.”
“And look, our skin is different, too,” Imani added. “I’m brown and you’re beige!”
“That’s awesome!”

Repentinamente, su amigo Tao brincó desde atrás de un árbol. “¡Buu!”.
Imani gritó y Alba empezó a huir corriendo.
Tao se rió. “¡No se espanten! Solamente soy yo”.

Suddenly, their friend, Tao jumped out from behind the tree. “Boo!”
Imani screamed and Alba started to run away.
Tao laughed. “Don’t be scared! It’s only me.”

"¿Estás caminando hacia el parque?", preguntó Imani a Tao.
"Sí, lo estoy".
"¡Excelente!", dijo Alba. "Podemos caminar todos juntos. Mira Imani, Tao tiene cabello negro. Pero sus ojos son diferentes de los tuyos y míos".
"Aun así siguen siendo bonitos, como flores en un jardín", dijo Imani.

"Are you on the way to the park?" Imani asked Tao.
"Yes, I am."
"Good!" said Alba. "We can all walk together. Look, Imani.
Tao has black hair, too. But his eyes are different from yours and mine."
"But they're still pretty, like flowers in a garden," Imani said.

"¿Qué significa eso? No soy una flor", respondió Tao con un puchero.
"Claro que no", dijeron juntas Imani y Alba.
"Pero somos como todas las flores en el jardín", dijo Imani.
"¿No es eso hermoso?".
"¡Hey!" Ella vino corriendo por la banqueta. "¡Esperen por mí chicos!
Quiero caminar con ustedes."

"What does that mean? I'm not a flower," Tao pouted.
"Of course not," Alba and Imani said together.
"But we're like all the flowers in the garden," said Imani. "Isn't it beautiful?"
"Hey!" Ella came running down the sidewalk. "Wait up, guys!
I want to walk with you."

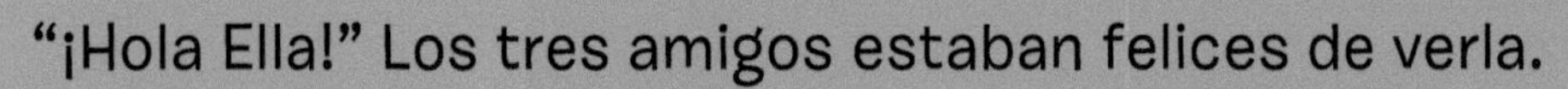
"¡Hola Ella!" Los tres amigos estaban felices de verla.
"Ven a jugar con nosotros en el arenero", dijo Tao.
"Mira Alba", dijo Imani. "El cabello de Ella es amarillo y lacio".
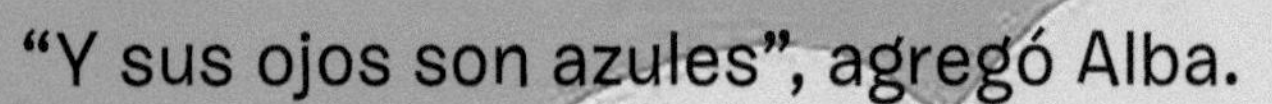
"Y sus ojos son azules", agregó Alba.

"Hi Ella!" The three friends were happy to see her.
"Come play with us in the sandbox," Tao said.
"Look, Alba," Imani said. "Ella's hair is yellow and straight."
"And her eyes are blue," added Alba.

“Todos lucimos diferentes”, sonrió Tao, “pero eso es lo divertido”.
“Sí”, se rió Alba. “Ella es otra flor en nuestro jardín”.
Los ojos de Imani brillaron. “Nuestro jardín está lleno de muchos colores y diferentes tipos de flores”.
Felizmente, todos exclamaron: “¡Eso es maravilloso!”.

“We all look different,” Tao laughed, “but that’s what makes it fun.”
“Yes,” Alba smiled. “She’s another flower in our garden.”
Imani’s eyes twinkled. “Our garden is full of many colors and different types of flowers.”
Happily, they exclaimed, “That’s awesome!”

“Me encantan las flores”, dijo Ella. “¿Qué clase de flor soy?”.
“Eres un narciso”, dijeron todos juntos.
Tao hizo piruetas y las tres niñas brincotearon juntas agarradas de las manos.
“¡Miren, ahí está el parque!”, señaló Imani.

“I like flowers,” said Ella. “What flower am I?”
“You’re a daffodil,” they all said together.
Tao did flips and the three girls skipped along holding hands.
“Look, there’s the park!” Imani pointed.

Wiz estaba sentado en la orilla del arenero.
“Hola chicos. Miren los insectos que atrapé”.
“Uno, dos, tres”. Wiz apuntó a los insectos en su botella.
“Todos lucen diferentes”.

Wiz was sitting on the edge of the sandbox.
“Hi guys. Look at the bugs I caught.”
One, two, three. Wiz pointed at the bugs in his bottle.
They each looked different.

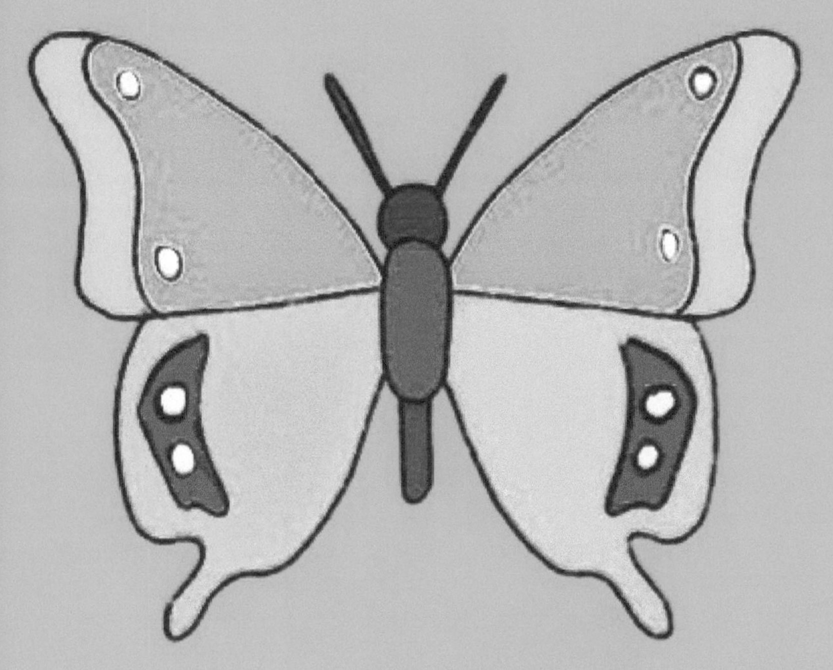

La primera era una hermosa
mariposa con muchos colores.
El segundo era un escarabajo
café con negro.
El tercero era un brillante
saltamontes verde.
Todos los insectos eran
diferentes, pero cada uno era
hermoso.

**The first was a pretty
butterfly with many colors.
The second was a brown,
black and tan beetle.
The third was a bright green
grasshopper.
They were all different and
they were each beautiful.**

“Those bugs are like the flowers in our garden,” Imani said.
“They are all different.”
“And they’re all beautiful!” exclaimed Alba.
The five friends laughed and played in the sandbox.

“Esos insectos son como las flores de nuestro jardín”, aseveró Imani.
“Todos son diferentes”.
“¡Y todos son hermosos!”, exclamó Alba.
Los cinco amigos sonrieron y jugaron en el arenero.

"Look," Ella said, "Wiz's hair is bright red."
"It's curly, too," Imani added. "And his eyes are blue."
"What kind of flower is Wiz?" Alba smiled.
"I think he's a rose."

"Miren", dijo Ella, "el cabello de Wiz es pelirrojo".
"Y también es rizado", agregó Imani. "Y sus ojos son azules".
"¿Qué clase de flor es Wiz?", exclamó Alba. "Yo creo que él es una rosa".

Los niños rieron y le dijeron a Wiz cómo todos ellos eran como flores en un jardín.

The children laughed and told Wiz about how they were all like flowers in a garden.

El cabello largo y negro de Abul volaba hacia atrás mientras corría y brincaba hacia el arenero. “Hola a todos. ¿Qué están haciendo?”.
“Estamos jugando en el arenero”, respondió Wiz. “Ven a jugar con nosotros”.

Abul’s long black hair blew back as he ran and jumped into the sandbox. “Hey everybody. What are you doing?”
“We are playing in the sandbox,” Wiz responded.
“You can play with us.”
Everyone welcomed Abul with smiles.

“Miren, Abul también es diferente. Es un niño con cabello largo y negro”, explicó Alba.
Tao cuestionó: “¿Pueden imaginarse cómo sería si todos nosotros luciéramos igual?”.
“¡A-B-U-R-R-I-D-O!”, todos contestaron.

“Look, Abul is different, too. He is a boy with long black hair,” Alba explained.
Tao questioned, “Can you imagine what it would be like if we all looked the same?”
“B-O-R-I-N-G!” They all shouted.

"I am happy we all look different," Ella said.
Imani clapped her hands. "We're like all the different colored flowers in the garden."

"Estoy feliz que todos lucimos diferente", dijo Ella.
Imani juntó sus manos en un aplauso. "Somos como todas las flores de colores en el jardín".

Everyone shouted,
“That’s awesome!
Let’s go play in the sandbox together!”

Todos gritaron: “¡Eso es increíble!”.

Author Bios

Carolyn Furlow received a Master of Arts degree in Creative Writing. She is the mother of 3 adult children and a grandmother to one darling granddaughter, Imani. As a teacher she has experienced first-hand the faces of isolation on students who feel disconnected to the lessons and reading materials in their classrooms. In a spirit of love and high regard for all children, she and her daughter, Amelia Furlow, have created a series of stories which speaks to all children and allows them to feel connected to the stories they read in classrooms and at home. The world is a visible melting pot of beautiful children across the globe. Our stories reflect their presence and fosters acceptance and respect for differences.

Amelia Furlow is a Marriage and Family therapist intern. Recognizing a need for more diverse stories to be told within Children's Books, she collaborated with her mother, Carolyn Furlow, to create a series that highlight the similarities as well as the individuality of human beings. Telling stories that celebrate one's uniqueness engages young minds to read. Amelia experienced the power of diversity at a very young age. Today, more than ever, children need to feel included. This series surely will bring cheer to those who read it!

Biografías de las autoras

Carolyn Furlow recibió una Maestría de Artes en Redacción Creativa. Es la madre de tres hijos adultos y abuela de una adorable nieta, Imani. Como maestra ha experimentado de primera mano los rostros de aislamiento en los estudiantes que se sienten desconectados de las lecciones y materiales de lectura en sus salones. En el espíritu de amor y alta consideración hacia todos los niños, Carolyn y su hija Amelia Furlow han creado una serie de historias que reflejan a toda la niñez y permite que se sientan conectados en los cuentos que leen en los salones y en su hogar. El mundo es un crisol de hermosos niños en todo el mundo. Nuestras historias reflejan su presencia y promueven la aceptación y el respeto por las diferencias.

Amelia Furlow es pasante de consejera de Familia y Matrimonio. Reconociendo la necesidad de historias más diversas en los libros infantiles, colaboró con su madre, Carolyn Furlow, para crear una serie que resalte las similitudes, pero también la individualidad de cada ser humano. Al contar historias que celebran la naturaleza única de cada persona, nuestra atención voltea hacia la lectura. Amelia experimentó el poder de la diversidad desde muy pequeña. Actualmente, más que nunca, los niños necesitan sentirse incluidos. ¡Esta serie seguramente traerá alegría a aquellos que la lean!

Lightning Source UK Ltd.
Milton Keynes UK
UKHW051317150920
369918UK00003B/39

9781647042103